목련 전차

목련 전차

손 택 수 시 집

창비

차 례

제1부 ___

제3부

제4부 ___

제1부

강이 날아오른다

　강이 휘어진다 乙, 乙, 乙 강이 휘어지는 아픔으로 등
굽은 아낙 하나 아기를 업고 밭을 맨다

　호밋날 끝에 돌 부딪는 소리, 강이 들을 껴안는다 한 굽
이 두 굽이 살이 패는 아픔으로 저문 들을 품는다

　乙, 乙, 乙 물새떼가 강을 들어올린다 천마리 만마리 천
리 만리 소쿠라지는 울음소리—

　까딱하면, 저 속으로 첨벙 뛰어들겠다

집장구

일년에 한 번은 집이
장구소리를 냈다
뜯어낸 문에
풀비로 쓱싹쓱싹
새 창호지를 바른 날이었다
한입 가득 머금은 물을
푸— 푸— 골고루 뿌려준 뒤
그늘에서 말리면
빳빳하게 당겨지던 창호문
너덜너덜 해어진 안팎의 경계가
탱탱해져서,
수저 부딪는 소리도
새소리 닭울음소리도 한결 울림이 좋았다

대나무 그림자가 장구채처럼 문에 어리던 날이었다
  그런 날이면 코 고는 소리에도 정든 가락이 실려 있
었다

청둥오리떼 파다닥 멀어지기 직전

강둑에 올라서자 청둥오리떼가 파다닥 물 위로 떠올랐
다 저 예민하고 여린 짐승들이 숨죽인 내 인기척을 대번
에 알아차려버린 것이다

마른 풀잎을 스치는 작은 몸동작 하나도 놓치지 않고
저만치 날아가서 거리를 팽팽하게 벌려놓는 날것들, 물 위
에 떠서 지적거리는 물살 너머에 주파수를 맞추고 있다

나는 안다 지금 안전거리를 확보한 채 너 따위는 관심
에도 없다는 듯이 물장구를 치며 만전을 부리고 있는 청
둥오리들의 몸속 가장 깊은 곳의 세포 하나까지 환하게
눈뜨고 있음을 가느다란 바람 한 올까지 청둥오리의 신
경선이 되어 쭈뼛해져 있음을

그만 안심해라 부러 무심한 척 나도 강 건너 들판을 바
라보다가 한참 뜸을 들이면서 풀숲 속 물수제비 돌을 찾
아낸다 들키지 않게 요령껏 물수제비 맨들한 돌끝을 쥐

기 위해 슬그머니 허리를 구부린다

　돌끝에 내 손끝이 닿기 직전 잠자코 있던 청둥오리떼
는 틀림없이 날개 근육을 긴장시킬 것이다 당겨진 근육
속 천둥의 힘이 폭발하며 치솟아오를 채비를 마친 무리
들이 일제히 나의 다음 동작을 기다리고 있을 것이다

　그러나 청둥오리떼 파다닥 멀어지기 직전, 오오 바로
그 직전 나는 잠시 청둥오리 몸속에 있다 청둥오리 몸속
가장 깊은 곳에 닿았다 떨어진다

放心

　한낮 대청마루에 누워 앞뒤 문을 열어놓고 있다가, 앞
뒤 문으로 나락드락 불어오는 바람에 겨드랑 땀을 식히
고 있다가,

　스윽, 제비 한마리가,
　집을 관통했다

　그 하얀 아랫배,
　내 낯바닥에
　닿을 듯 말 듯,
　한순간에,
　스쳐지나가버렸다

　집이 잠시 어안이 벙벙
　그야말로 무방비로
　앞뒤로 뻥
　뚫려버린 순간,

제비 아랫배처럼 하얗고 서늘한 바람이 사립문을 빠져
나가는 게 보였다 내 몸의 숨구멍이란 숨구멍을 모두 확
열어젖히고

제비에게 세를 주다

아무도 들어오려 하지 않는 단칸집이다
시름시름 기울어가던 처마 끝이다

진흙둥지 되바르며
보수공사에 여념이 없는 제비 한쌍
신접살림을 차렸다

부스스 일어나 올려다보면
밤낮으로 깨소금을 떨어뜨린다

이 허름한 적산가옥에 세를 들러 온 두 내외
덕분에 가난한 나도
이제는 어엿한 집주인이 된 셈인가

관리 한번 제대로 해주지 못하고
방을 빼지나 않을까 전전긍긍
방세 대신 꼬박꼬박 챙겨주는

새 울음소리를 염치없이 받아쓰고 있는 나도
이제는 집주인으로서의 그 알량하고 딱한
체면이라는 걸 알게 된 셈인가

달빛이 두루마리 화장지를 들고 와서 하룻밤 묵었다
간 뒤다

메주佛

절집 처마 아래 메주가 마른다

금강경독경 미륵존여래불 염불소리가 들려온다

염불을 들어야 메주가 잘 뜨거든

곰팡이가 알맞게 피어오르거든

정지에서 나온 보살님이 메주 아래 합장을 한다

겨울 햇살과 바람과 먼지와 눈 내리는 소리까지

눈 속에 먹이를 구하러 내려온 산짐승 울음까지

몸속에 두루 빨아들여 피워내는 메주 곰팡이

나무아미타불, 자연 발효시킨 부처님이시다

별빛보호지구

오리나무쥐똥나무깨금나무산뽕나무
별들이 또록또록
산고동 우는 소리를 내며 흐른다
별이 지상에 내리는 걸 저어하지 않도록
일찌감치 저녁상을 물리고
잠자리에 드는 마을
어둠은 그 옛날 밭흙 냄새를 풍기며
눈꺼풀을 쓸어내려주던 할머니
손톱 끝의 까만 흙알갱이들을 닮았는데
이 별의 지표식물
미등록 천연기념물
고산족이 돼버린 어둠속에 있으면
고른 숨소리 따라 스르르 눈이 감긴다
근육 속의 고단함을 축복할 줄 알아서
계단식 논밭 땅을 갈며
하늘에 이르는 법을 익힌 사람들
오리나무쥐똥나무깨금나무산뽕나무

화엄 일박

화엄이란 구멍이 많다
구례 화엄사에 가서 보았다

절집 기둥 기둥마다
처마 처마마다
얼금 송송
구멍이 뚫려 있는 것을

그 속에서 누가 헐거시대를 보내고 있나
가만히 들여다보다가
개미와 벌과
또 그들의 이웃 무리가
내통하고 있을 거란 생각이 들었다

화엄은 피부호흡을 하는구나
들숨 날숨 온몸이 폐가 되어
환하게 뚫려 있구나

그날 밤 누군가 똑똑 창문 두드리는 소리에
잠을 털고 일어나 문을 열어젖혔다

창문 앞 물오른 나무들이
손가락에 침을 묻혀
첫날밤을 염탐하듯 하늘에
뚫어놓은 구멍,
별들이 환한 박하향을 내고 있었다

달과 토성의 파종법

매달 스무여드렛날이었다
할머니는 밭에 씨를 뿌리러 갔다

오늘은 땅심이 제일 좋은 날
달과 토성이 서로 정반대의 위치에 서서
흙들이 마구 부풀어오르는 날

설씨 문중 대대로 내려온 농법대로
할머니는 별들의 신호를 알아듣고 씨를 뿌렸다

별과 별 사이의 신호를
씨앗들도 알아듣고
최대의 發芽를 이루었다

할머니의 몸속에, 씨앗 속에, 할머니 주름을 닮은 밭고
랑 속에
별과의 교신을 하는 무슨 우주국이 들어 있었던가

매달 스무여드레 별들이 지상에 금빛 씨앗을 뿌리던 날
할머니는 온몸에 별빛을 받으며 돌아왔다

구름의 가계

상할머니의 몸속에선 가끔씩 구름 우는 소리가 들렸다
쿠르릉 먹구름 우는 소리가 신음 신음 새어나왔다

그런 날은 영락없이 비가 내렸다
고가메 너머의 구름이
지붕 위까지 바짝
끌어당겨지곤 하였다

상할머니는 비를 불러왔다 몸이 쿡쿡 쑤시는 아픔으로
들판을 쿡쿡 쑤시며 마디마디 뼈마디 저린 비를 짚고
왔다

상할머니의 몸은 천문을 품고 있었던 게지
내가 알지 못할 예감으로 떨리는 우듬지 끝
떨어져내리는 잎사귀 잎사귀마다
빛나는 통증으로 하늘과 이어져 있었던 게지

쿠르릉 밤늦게 저린 다리를 끌며 일어난 어머니 빨래
를 긷는다

서러운 몸속에서 몸속으로 구름이 유전하고 있다

내 목구멍 속에 걸린 영산강

두엄자리에서 지렁이가 운다. 지렁이 울면 낭창한 대 하나 꺾고 낚시를 가시던 할아버지.

그날 붕어조림을 삼키면서 나는 붕어가 삼킨 지렁이, 목구멍에 걸린 것처럼 헛구역질을 하고 말았는데

지렁이가 할아버지를 삼킬 줄은 꿈에도 몰랐다. 할아 버지가 삼킨 붕어와 붕어가 삼킨 지렁이 잘디잔 흙알갱 이가 되어 지렁이 주둥이 속으로 빨려들 줄은 몰랐다.

비 내린 뒤의 영산강변 할아버지 무덤가에 지렁이가 기어간다. 그래 지구상의 모든 흙은 한번쯤 지렁이의 몸 을 통과했다.[*]

머잖아 저 몸속에서 붕어를 삼킨 할아버지와 내가 머 리 딱 부딪치며 우르릉 쾅쾅 천둥번개 치는 시간 있겠구 나.

주물럭주물럭 시간대를 마구 뒤섞는 장운동, 저 몸속으로 산맥 하나가 통째로 빨려들어가고 말랑말랑한 반죽물밭이랑 논이랑이 되어 꿈틀꿈틀 빠져나올 수도 있겠구나.

강 주둥이에 아침부터 누가 철근을 박고 있다. 뿌연 흙먼지를 일으키며 시멘트를 퍼붓고 있다. 컥컥 헛구역질을 하며 강이 움찔거린다.

*다윈의 말.

가새각시 이야기

사립문으로 들어온 바람이 고가메 북쪽으로 씨러들어
가면 그날은 영락없이 비가 내린다, 한마을 한집에서 칠
십년을 산 할머니의 말씀이다 볕이 저렇게 쌍쌍하기만
한데 말리던 고추를 거둬들이시고 논에 물꼬를 보러 간
다, 바지런을 떠시던 할머니 진남포로 만주로 대령으로
똘똘 구르마 타고 떠돌던 할아버지 먼저 보내신 뒤, 가위
점을 치던 날들이 있었다 가새각시 가새각시 영검하게
맞출라면 핑 돌아가고 영검하게 못 맞출라면 까딱도 말
고 가만히 섰소 지어올린 밥상 앞에서 명주실에 매단 가
새각시 빙글 춤을 출 때 나는 의심 어린 눈으로 할머니
손목을 시큰둥 노려보곤 하였지만 요즘은 시어머니에게
서 물려받은 가새각시 통 말을 듣지 않는다고, 가새각시
작두날에 녹이 슬기 시작했다고, 걸음걸음 벌렸다 오므
린 발을 다시 떼기조차 힘겹다는 당신 설 앞날 서른다섯
손주를 마당에 업고 포대기처럼 빙 두른 흙담 곁 채마밭
에서 들려주신다 아가, 별이 달을 뽀짝 따라가는 걸 보면
은 내일 눈이 올랑갑다 꼭 이런 날 늬 할아비가 오셨구나

박가분 품고 이날치 판소리 한 대목맹키 굽이치는 추월
산 가마골을 한달음에 넘어오곤 하셨구나 가위를 매달던
명주실 올올 흰 눈이 뿌리는 밤 가윗날에 흰 눈이 싹둑싹
둑 베어지는 밤 할머니 이제 가위점은 치지 않고 무덤 이
야기만 들려주신다 가세 가세 일찌감치 떠난 할아버지
곁에 지어둔 가묘 이야기를 들려주신다 한마을 한집에서
일흔 해를 살고 한몸에 여든일곱 해를 머문 뒤의 일이다

혼쥐 이야기

할머니는 사람의 콧구멍 속에 쥐 두 마리가 살고 있다고 했다. 세상모르고 곯아떨어진 동생의 얼굴에 연필 수염을 그려놓고 키득대고 있노라면, 에그 망할 놈, 나갔던 혼쥐가 딴 구멍으로 들어가겠구나 혼쭐을 내시곤 가만가만 아기가 깨지 않게 수염을 지워주곤 하였다. 한 마리는 상할아버지 수염처럼 희고, 또 한 마리는 내 머리카락처럼 검다는 쥐 한쌍. 월남에 갔던 만식이 삼촌의 넋이 나가버린 것도 돌아오지 않는 혼쥐 때문이라고 했다. 불침번을 서며 졸던 삼촌의 콧구멍 속으로 들숨 날숨 따라 들어오던 쥐 한 마리가 폭격소리에 깜짝 놀라 밀림 속으로 줄행랑을 쳐버렸기 때문이라고 했다. 비행기만 지나가면 돌아오지 않는 한 마리를 찾아 귀를 막고 마루 밑 쥐구멍 속으로 숨어들던 삼촌, 생각만 나면 나는 괜스레 콧구멍을 후벼보곤 하였는데, 내 콧구멍 속 혼쥐란 놈들이 달아나버리면 어떡하나 누가 잠든 내 얼굴에 가면을 씌워놓은 사이 고 새까만 눈을 두리번거리다 딴 구멍을 찾아가버리면 어떡하나 잠이 오지 않는 날들이 있었는

데, 그런 날이면 어김없이 쥐가 나는 것이었다. 꿈속에도
달아난 혼쥐 생각에 다리가 뻣뻣이 굳어오는 것이었다.

홍어

어느날인가는 시큼한 홍어가 들어왔다
마을에 잔치가 있던 날이었다
김희수씨네 마당 한가운데선
김 나는 돼지가 설겅설겅 썰리고
국솥이 자꾸 들썩거렸다
파란 도장이 찍히지 않은 걸로다가
나는 고기가 한점 먹고 싶고
김치라도 한점 척 걸쳐서 오물거려보고 싶은데
웬일로 어머니 눈엔 시큼한 홍어만 보이는 것이었다
홍어를 먹으면 아이의 살갗이 홍어처럼 붉어지느니라
지엄하신 할머니 몰래 삼킨 홍어
불그죽죽한 등을 타고 나는
무자맥질이라도 쳤던지
영산강 끝 바닷물이 밀려와서
흑산도 등대까지 실어다줄 것만 같았다
죄스런 마음에 몇번이고 망설이던 어머니
채 소화도 시키지 못한 것을 토해내고 말았다는데

역류한 바닷물이 눈으로 넘쳐나고 말았다는데
요즘도 나는 어쩌다 그 홍어란 놈이 생각나는 것이다
세상에 나서 처음 먹는 음식인데
언젠가 맛본 기억이 나고
무슨 곡절인지 울컥 서러움이 치솟으면
어머니 배 속에 있던 열 달이 생각나곤 하는 것이다

명태

　감나무에 한겨울에는 명태가 열렸다 앙상하게 빼마른 가지 맨 아래 귀한 손님이 오면 따곤 하던 명태가 한두 마리씩 매달려 있었다 속내를 알 수 없는 뒤란의 우물처럼 캄캄하다가도 홍시를 묻어논 쌀뒤주처럼 환하게 밝아오던 외할머니 품속을 더듬다 잠이 드는 밤이면 감나무 뿌리는 용궁에 사는 모양이지 용궁에 친 그물처럼 물고기들을 낚아올리는 모양이지 어느날인가는 눈보라 속에서 서걱서걱 동태 부딪는 소리가 아득하게 들려오기도 하였다

　그러던 어느 핸가, 세뱃돈을 유난히 후하게 주던 삼천포 큰이모부가 손꼽아 기다려지던 어느 밤인가 기다리던 이모부는 어째 오지 않고, 저녁 늦게 두 그릇씩이나 먹은 식혜에 오줌보를 쥐고 내려선 토방앞 줄 끊어진 연처럼 간드랑거리던 명태 옆에서 이모는 까닭 모를 눈물을 훔치고 있었다 나는 그런 이모가 무서워서 그만 오줌보 대신 울음보를 터뜨리고 말았는데

34

슬하에 짙은 먹그늘을 드리우고도, 봄바람이 불면 감
나무 이파리는 어김없이 도톰한 파도소리를 내며 돋아나
곤 하였다 겨우내 명태가 슬어놓고 간 알처럼 꽃이 피어
나곤 하였다 그러면 어린 나는 감꽃 목걸이를 만들고, 곶
감처럼 하나하나 빼어먹는 재미로 날이 저무는 줄 모르
고…… 벌써부터 나무 위에서 명태를 낚는 계절이 기다
려지는 것이었다 명태와 함께 오지 못한 사람들이 문득
문득 그리워지는 것이었다

오줌 뉘는 소리

버스를 기다리던 할머니가 손주의 고추를 잡고 가로수 밑에서 오줌을 뉜다 마음처럼 시원하게 나오질 않는지 쉬―, 쉬―, 하고 이어지는 할머니의 오줌 뉘는 소리

화장실에 갔다가 오줌이 나오질 않아 머쓱해질 때가 있다 시가 반짝 떠올라 책상 앞에 앉았는데 한 구절도 씌어지지 않아 애를 태울 때가 많다 그때마다 떠오르는 할머니의 오줌 뉘는 소리

무슨 주술처럼 시―, 시―, 아득한 기억 저편에서 노루오줌꽃이 터져나오듯 망울망울 남은 한 방울까지 탈탈 털어주며 따로 노는 몸과 마음을 한데 이어주는 소리

자음

밭일 하시던 할아버지가 땅에
지겟작대기로 'ㄱ'
이라고 썼다
그러곤 크게 따라 읽으라고
침방울을 튀기며 'ㄱ'
온몸으로
외쳐보라고 하셨다
내 최초의 받아쓰기
지겟작대기 끝에서 나온 자음
흙냄새 폴폴 묻어나던 소리
'ㄱ' 위에서
씨앗 꽉 문 고추와
입천장 데며 먹던 고구마 노란 속살이 태어났다
허리 구부정한 'ㄱ'
지게를 지고 저녁연기 오르는 마을을 향하여
돌아오시던 할아버지
허리가 펴지지 않은 채 땅에 묻히셨다
기름진 자음이 되셨다

제2부

추석달

스무살 무렵 나 안마시술소에서 일할 때, 현관 보이로 어서 옵쇼, 손님들 구두닦이로 밥 먹고 살 때

맹인 안마사들도 아가씨들도 다 비번을 내서 고향에 가고, 그날은 나와 새로 온 김양 누나만 가게를 지키고 있었는데

이런 날도 손님이 있겠어 누나 간판불 끄고 탕수육이나 시켜먹자, 그렇게 재차 졸라대고만 있었는데

그 말이 무슨 화근이라도 되었던가 그날따라 웬 손님이 그렇게나 많았는지, 상한 구두코에 광을 내는 동안 퉤, 퉤 신세 한탄을 하며 구두를 닦는 동안

누나는 술 취한 사내들을 혼자서 다 받아내었습니다 전표에 찍힌 스물셋 어디로도 귀향하지 못한 철새들을 하룻밤에 혼자서 다 받아주었습니다

날이 샜을 무렵엔 비틀비틀 분화장 범벅이 된 얼굴로
내 어깨에 기대어 흐느껴 울던 추석달

풀벌레 울음소리

그 여자는 무릎 부근이 성감대였다
무릎 아래 종아리나
그 위를 쓰다듬어주면 금세
상기된 얼굴이 되곤 하였다
둘만의 은밀한 시간
거기에 살짝 손끝이라도 대고 간질여주면
진저리를 치며,
내가 깜박 넘어가도 좋을 음악소리를 내곤 하였다
풀벌레들 중 몇몇은 다리로 운다는데
다리 관절 어디에 울음통이 있어
가을밤이 자지러지도록 울어주곤 한다는데
그 여자는 아무래도 풀벌레들의 후예인가보았다
그래, 풀벌레들 가늘디가는 다리를 물려받았나보았다
살면서 어디에 무릎 꿇을 일 그리 많았던지
구두코가 다 벗겨지도록
오르내릴 계단은 또 얼마나 많았던지
가끔씩 쥐가 나서 주물러주던 다리

장난스레 쓰다듬으면, 끄집어내린 치마 속에 숨어
곱게 눈을 흘기던 그 슬픈 무르팍

살가죽구두

세상은 그에게 가죽구두 한 켤레를 선물했네
맨발로 세상을 떠돌아다닌 그에게
검은 가죽구두 한 켤레를 선물했네

부산역 광장 앞
낮술에 취해
술병처럼 쓰러져
잠이 든 사내

맨발이 캉가루 구두약을 칠한 듯 반들거리고 있네
세상의 온갖 흙먼지와 기름때를 입혀 광을 내고 있네

벗겨지지 않는 구두,
그 누구도
벗겨갈 수 없는
맞춤구두 한 켤레

죽음만이 벗겨줄 수 있네
죽음까지 껴 신고 가야 한다네

길바닥에 손바닥을 부딪쳐

비탈길이었다
깔판에 바퀴를 단 사내가
깔판에 엎드려 미끄러져
내려오고 있었다
허리 아래 하반신이 뭉텅
잘려나가고 없는 사내,
굴러내리는 바퀴의 속도를 어떻게든 줄여보려고
양 손바닥으로 연신 땅을 짚어댔다
길바닥에 손바닥을 부딪쳐
짝 짝 짝 박수를 치며
브레이크를 걸어댔다
모두들 위태롭게 길을 비켜주었지만
사내는 놀랍게도 태연한 얼굴
바닥에 가슴을 숙이고 살았으므로
더이상 떨어질 바닥이 없으므로
바닥에 처박혀 나뒹군다 하더라도
무심히 털고 일어설 것만 같았다

간신히 평지에 다다른 사내가 이내
화끈거리는 손바닥으로
바퀴를 굴리기 시작했다
가속 페달로 바뀐 손바닥이
길바닥을 짚으며 평평한
비탈길을 굴러가기 시작했다

옥수수 무덤

창고 배출구에서 옥수수가 떨어져내린다. 쏟아져내리는 옥수수 속에 발목과 날갯죽지가 파묻히는 줄도 모르고 후다다닥 길게 줄을 이은 수송트럭 속으로 빨려드는 비둘기떼, 부리 속에 집어넣은 알곡에 콱 기도가 막힌 채 죽어간다. 한 트럭에 대여섯 마리씩은 나오죠, 공포탄을 쏴봤지만 막무가내예요. 부산항 양곡전용부두 운전사가 포장을 덮으며 목숨을 걸고 달려가야 할 밤의 고속도로를 얘기하는 동안, 뒤늦게 온 몇몇은 다리를 전다. 끊어져나간 발목 뭉툭해진 끝으로 길바닥을 짓찧으며 절룩절룩 떨어져내린 알곡을 향해 맹렬하게 달려간다.

과수원에서

단감나무 밑동 둘레를 따라
칼자국이 생겼다
서울서 무슨 공장장을 하다
귀농했다는 과수원 주인
나무마다 그는
상처를 남기는 데 골몰한다
나무가 상처를 온전히 아물릴 때까지는
가지의 양분이 뿌리로
내려갈 수 없을 것이다
뿌리로 내려가지 못한 양분이
열매 속으로 모여들면서
떫은 과육에 당도를 더해갈 것이다
나무 살을 후벼파며 저물어가는 과원
면장갑을 벗고 땀을 훔치는
사내의 손가락에 마디 하나가 없다
없는 마디 끝 고리 모양 칼자국을 품고
단감이 둥글어간다

벚나무 실업률

해마다 봄이면 벚나무들이
이 땅의 실업률을 잠시
낮추어줍니다

꽃에도 생계형으로 피는
꽃이 있어서
배곯는 소리를 잊지 못해 피어나는
꽃들이 있어서

겨우내 직업소개소를 찾아다니던 사람들이
벚나무 아래 노점을 차렸습니다
솜사탕 번데기 뻥튀기
벼라별 것들을 트럭에 다 옮겨싣고
여의도광장까지 하얗게 치밀어오르는 꽃들,

보다 보다 못해 벚나무들이 나선 것입니다
벚나무들이 전국 체인망을 가동시킨 것입니다

앙큼한 꽃

이 골목에 부쩍
싸움이 는 건
평상이 사라지고 난 뒤부터다

평상 위에 지지배배 배를 깔고 누워
숙제를 하던 아이들과
부은 다리를 쉬어가곤 하던 보험 아줌마,
국수내기 민화투를 치던 할미들이 사라져버린 뒤부
터다

평상이 있던 자리에 커다란 동백 화분이 꽃을 피웠다
평상 몰아내고 주차금지 앙큼한 꽃을 피웠다

자기라는 말에 종신보험을 들다

자기라는 말, 참 오랜만에 들어본다
딱딱하게 이어지던 대화 끝에
여자후배의 입술 사이로 무심코
튀어나온 자기, 어
여자후배는 잠시 당황하다
들고 온 보험서류를 내밀지 못하고 허둥거린다
한순간 잔뜩 긴장하고 듣던 나를
맥없이 무장해제시켜버린 자기,
사랑에 빠진 여자는 아무때고
꽃잎에 이슬이 매달리듯
혀끝에 자기라는 말이 촉촉이 매달려 있는가
주책이지 뭐야, 한번은 어머니하고 얘기할 때도 그랬어
꽃집 앞에 내다논 화분을 보고도
자기, 참 예쁘다
중얼거리다가 혼자서 얼마나 무안했게
나는 망설이던 보험을 들기로 한다
그것도 아주 종신보험을 들기로 한다
자기, 사랑에 빠진 말 속에

나무 빨래판

나무에게 몸을 씻으러 갔다
깊게 팬 나무 주름에
내 허물을 박박 부벼보고 싶었다

나무는 죽어서 빨래판이 되었다
어머니 깊은 주름판이 되었다

매제의 구두

그가 처음 집에 인사 왔던 날을 기억합니다
그때 그는 세상에서 가장 눈부신 구두였습니다
이제 막 구두가게를 걸어나온 것 같은 구두코가
우리 집 강아지의 젖은 코처럼 까뭇이 반짝였습니다
누이동생의 팔짱을 끼고 환하게 쏟아져내리는 박수갈
채 폭죽 속으로
당당하게 행진해가던 구두,
오늘 신발장 앞에서 제 구두를 닦다 보았습니다
한쪽에 초라하게 낡은 한 켤레
몇년 만에 만난 그는
상할 대로 상해 알아볼 수조차 없었습니다
뒷굽은 닳을 대로 닳았고 반짝이던 코는 무참히 깨어
져 있었습니다
나는 그날 식장을 나선 한 켤레의 구두가
걸어왔을 길을 아득히 헤아리면서
상처투성이 깨어진 코에 약을 발랐습니다
직장을 그만둔 뒤론 나만 보면 무슨 죄라도 지은 듯

슬슬 뒷걸음질치는 것 같던 구두
호호 입김을 불어가며 솔질을 하였습니다

닭발

삼계탕에 닭발을 넣는 건 어머니의 비법이다
가까운 동네 시장 따로 두고
멀리 구포장까지 가서
대추며 삼, 밤을 구해오신 당신
몸도 성치 않은 분이 버스값에다 들인 시간까지 하면
삼값 다 빠지고도 남겠다고
번번이 볼멘소리를 하지만
어머니의 맛이 발에서 나온다는 걸
몇푼이라도 더 싸고 질 좋은 재료를 얻기 위해
시장을 돌아다닌 발품에서 나온다는 걸
나는 잘 알고 있다
젊어서는 소금장수로, 보험설계사로
쉰이 넘고 나선 화장품 방문판매원으로
무던히도 부르텄던 발
뒤꿈치가 쩍쩍 갈라졌던 발
고깃점은 아들놈에게 다 몰아주고
흐물흐물 녹은 닭발을 뜯으며 들려주신다

진국은 닭발에서 우러나온다고
닭발이 맹숭한 탕국에 맛을 더해준다고

대보름, 환하게 기운 쪽

대보름 뒷날 택배가 왔다
나물과 부럼과 과일이
부산에서 일산까지 건너왔다
찰밥은 먹었느냐 삐뚤삐뚤한 글씨와 함께

찰밥에 빈속 채우고
찌그러진 사과 한 알 깎는데
사과, 찌그러진 쪽으로 씨앗이 없다

씨앗이 사과를 부풀게 하였구나
씨앗을 먹이기 위해서 사과는
한쪽으로 기우뚱 몸이 무거웠겠구나

씨앗을 놓친 달이 기운다
기운 달이 대보름
젖을 물린다

부산에서 일산까지
택배로 건너온 달,
환하게 기운 쪽에서 울컥
쩡한 시장기가 치민다

구두 밑에서 말발굽소리가 난다

구두 밑에서 따그락 따그락 말발굽소리가 난다
구두를 벗어보니 구두 뒷굽에 구멍이 났다
닳을 대로 닳은 구두 뒷굽을
뚫고들어간 돌멩이들이 부딪치며
걸을 때마다 창피한 소리를 낸다
바꿔야지, 바꿔야지 작심하고 다닌 게 몇달
할 수 없다, 할 수 없다 체념하고 다닌 게 또 몇달
부산에서 서울로, 서울에서 광주로
마산으로, 다시 부산으로 떠돌아다니는 동안
빗물이 꾸역꾸역 밀려들어오던 구두
빙판길에선 미끄러지지 않기 위해
엄지발가락에 꾸욱 힘을 줘야 했던 구두
걸을 때마다 말발굽소리를 낸다
빼고 나면 다시 들어가 박히고
빼고 나면 또다시 들어가 박히는 소리
따그락 따그락 지친 걸음에 박자를 맞춰주는 소리
닳고 닳은 발굽으로 열 정거장 스무 정거장

빈 주머니에 빈손을 감추고 걸어가는 동안

그만 주저앉고 싶을 때마다 이럇, 뒷굽을 치며 갈기를
휘날린다

자전거의 연애학

홀아비로 사는 내 늙은 선생님은 자전거 연애의 창안
자다 그에 따르면 유별한 남녀 사이를 자전거만큼 친근
하게 만들어주는 것도 없다 일단 자전거를 능숙하게 탈
줄 알아야 혀 탈 줄 안다는 것, 그건 낙법과 관계가 있지
나는 주로 하굣길에 여학교 근처를 어슬렁거리다 점찍어
둔 가방을 낚아채는 방법을 썼어 그럼 제깐 것이 별수 있
간디, 가방 달라고 죽어라 뛰어오겠지 그렇게만 되면 만
사가 탄탄대로라 이 말이야 지쳐서 더 뛰어오지 못하는
여학생 은근슬쩍 뒤에 태우고 유유히 휘파람이나 불며
달려가면 되는 것이지 뒤에서 허리를 꼭 잡고 놓지 못하
도록 약간의 과속은 필수항목이고, 그렇게 달려가다 갈
대숲이나 보리밭이 나오면 어어어 브레이크가 말을 안
듣네 이를 어째 가능한 으슥한 곳을 찾아 재깍 넘어지는
거야 그러고는 아주 드러누워버리는 것이지 어째 허리가
펴지질 않는다고, 발목이 삐끗했나보다고, 아무래도 여
기서 쪼깐 쉬어가는 게 낫겠다고…… 아울러 이 모든 일
엔 품위가 있어야 혀 서화담이 황진이 만나듯인 아니더

래도 서규정*이 직녀를 만나듯은 격이 있어야 된단 이 말
씀이지 이것이 요즘 너희 젊은것들 잘 나가는 오토바이
나 스포츠카로는 감히 엄두도 못 낼 자전거 연애라는 것
이야 허허허 좋은 세상이란 그런 것이지 젊으나 젊은것
들이 불알 두 쪽만 갖고도 연애를 걸 수 있는 세상이지
그는 술잔을 기울이며 한 말씀 더 남기신다 그런데 그 맛
에 너무 깊이 빠지면 못써, 잘못하면 나처럼 이 나이껏
혼자서 살아야 할 테니께.

* 서규정 『직녀에게』, 빛남출판사 1999.

단풍나무 빤스

아내의 빤스에 구멍이 난 걸 알게 된 건
단풍나무 때문이다
단풍나무가 아내의 꽃무늬 빤스를 입고
볼을 붉혔기 때문이다

열어놓은 베란다 창문을 넘어
아파트 화단 아래 떨어진
아내의 속옷,
나뭇가지에 척 걸쳐져 속옷 한 벌 사준 적 없는
속없는 지아비를 빤히 올려다보는 빤스

누가 볼까 얼른 한달음에 뛰어내려가
단풍나무를 기어올랐다 나는
첫날밤처럼 구멍 난 단풍나무 빤스를 벗기며 내내
볼이 화끈거렸다

그 이후부터다, 단풍나무만 보면
단풍보다 내 볼이 더 바알개지는 것은

청도산 무우

마을 골목에 채소 트럭이 들어왔다
청도산 김장 무우에 물씬한 청도산 사투리

청무우에 흙이 묻어 있고
수염뿌리 몇이 끊어져나갔다
무우가 뽑힐 때 땅이 저항한 흔적이다

품고 있던 무우를 순순히 뺏기지 않으려고 저항하다가
어느 순간 땅은 무우를 속시원하게 내주었을 것이다

옛다, 이만하면 됐다
무우를 품은 마음을 한사코
무우를 뽑으려드는 마음에게로 건네주었을 것이다

채소 트럭 앞에서 아내가 한참 가격 흥정을 한다
흙 묻은 무우가 마음처럼 쉬 뽑히지 않는다

아내의 이름은 천리향

세상에 천리향이 있다는 것은
세상 모든 곳에 천리나 먼
거리가 있다는 거지
한 지붕 한 이불을 덮고 사는
아내와 나 사이에도
천리는 있어,
등을 돌리고 잠든 아내의
고단한 숨소리를 듣는 밤
방구석에 처박혀 핀 천리향아
네가 서러운 것은
진하디진한 향기만큼
아득한 거리를 떠오르게 하기 때문이지
얼마나 아득했으면
이토록 진한 향기를 가졌겠는가
향기가 천리를 간다는 것은
살을 부비면서도
건너갈 수 없는 거리가

어디나 있다는 거지
허나 네가 갸륵한 것은
연애 적부터 궁지에 몰리면 하던 버릇
내 숱한 거짓말에 짐짓 손가락을 걸며
겨울을 건너가는 아내 때문이지
등을 맞댄 천리 너머
꽃망울 터지는 소리를 엿듣는 밤
너 서럽고 갸륵한 천리향아

목도장

나무와 사람은 이름을 통해서 만난다
이름 때문에 한몸이 된다
도장을 처음 갖게 되면서 이름 석자가
나는 얼마나 대견스러웠는지 모른다
손때가 묻을 만큼 많은 곳에서 나를 대신하고
때론 나보다 더 나다워 보였던 목도장
그러나 나무와 사람은 다시 이름을 통해서 헤어진다
이름 때문에 남남이 된다
어쩌면 애초부터 나무는 나무였고
나는 나였던 것뿐인지도 모른다
어느 고요한 숲속에서 새와 청솔모를 기르고
눈과 바람과 비와 함께 놀다
나와 만나게 되는 아픈 인연을 갖게 되었을까
목도장 속의 받침 하나가 달아나버렸을 때
화인처럼 새겨져 있으리라 믿었던 이름자 하나를
그가 거부하고 나섰을 때, 나는 비로소
그의 이름이 무엇이었던가를 생각하고 있었던 것이다

제3부

첫 몽정·별똥별·감나무

별똥별이 쏟아지는 밤이었다. 감나무 아래 평상에 누워 잠을 자다 깨어보니 아랫도리가 축축했다. 어느 집 다른 여식 하나는 이런 밤 지붕 위에라도 올라가 말똥말똥 온몸이 눈이 되어 별똥을 받아내고 있겠지. 힘차게 쏟아져내리는 별똥들, 밤을 꼬박 새워 두 눈 가득 빨아들이고 있겠지. 그 애가 밟고 올라간 사닥다리처럼 감나무 한 그루가 꿈속까지 걸쳐져 있던 미성년의 한때. 잔뜩 겁을 집어먹고 올려다본 하늘엔 꽃이라도 피어나고 있었던지, 애써 방심한 치마폭을 들어올리려고 기를 쓰는 바람이라도 짓궂게 불어대고 있었던지…… 젖은 이파리 사이로 골똘해진 별똥별 하나가 들입다 길게 꼬리를 흔들며 떨어져내리는 밤이었다. 마을 누나들 쑥 캐러 가던 뒷산 언덕이 탱탱하게 부풀어오르고 있었다.

챙

챙, 하면 떠오르는 빗소리
빗소리와 빗소리가
부딪치는 양철지붕 끝
처마에 챙을 단 집이 있었다
집 안을 가리고 남은 여분이 살짝
대문 밖으로 뻗어나와 만든 품,
하굣길에 소낙비를 만나선
급한 마음에 우당탕탕 그 속을 비집고 든 적이 있는데
책가방 머리에 쓰고 뛰어든 그 속엔 마침
여고생이 된 옆집 누나가 새치름
비를 긋고 있었던가, 젖은 누나의
교복 위로 스멀스멀 피어오르던 김과
마악 잔털이 돋기 시작한 내 겨드랑에서 빠져나온 김이
우리들 허락도 없이 마구 휘감겨들던 챙
더운 살냄새와 살냄새가 뭉클뭉클 살을 비벼대던 챙
처마 끝을 따라 뭉긋이 흘러내려 깊어진 마음의 기울기
챙, 하면 아찔하게 후들거리는 빗줄기
은빛 스틱이 치는 양철북 소리

뿔잠

슬레이트집 한쪽 구석
그늘진 자리에 딸린 방
구석까지 몰려가서
방은 또
구석을 만들었다
뾰족한
방구석을 만들었다

쥐뿔도 없는 주제에 모가 나서
혼자서 우는 날이 많았던
어린 날처럼,
뿔 속의 잠을 자러 간다
다리가 온전히 뻗어지지 않는
꿈을 꾸러 간다

자고 일어나면 머리를
구석으로 향하고 있는 날들

온 방을 뒹굴어 다니다가
구석 끝까지 몰려 눈을 뜨는 날들
방구석을 찌르고 있는 꼭짓점이
지친 몸을 받아준다
날만 섰지,
아무것도 들이받을 수 없는
角이 나를 받아준다

비 새는 집―1979

슬레이트 지붕 위에서 못질을 했다
장마철 앞 임시로 덮어씌운 비닐을 벗기고
새 슬레이트에 탕 탕 못을 박았다
못을 박는 동안은 아버지에게도 못이 박히고 있었겠지
사람들과의 악수를 가장 곤혹스러워했던
그 손아귀에도 못이 박혀들고 있었겠지
비가 새면 누이들과 함께 나는
세숫대야에 떨어지는 빗방울을 모아
못물을 만들었다
녹슨 빗방울 파고들던 방이
맑은 못이 될 때까지
망치질 소리를 견디고 있었다
애야, 지붕에 오를 땐 못자국을 밟거라
못이 없는 자리는 십중팔구가 허방
못 박힌 곳이 너를 지켜줄 것이다
슬레이트 지붕 아래 지지대가 있던 자리,
지지대 가슴을 파고든 못 끝을 아프게 물고 있던 자리

어디를 디뎌야 할지 몰라 허둥거리는 내게도 비가 새
고 있었다

　새는 빗소리 뾰족한 끝이 탕 탕 박혀들고 있었다

목련 전차

목련이 도착했다
한전 부산지사 전차기지터 앞
꽃들이 조금 일찍 봄나들이를 나왔다
나도 꽃 따라 나들이나 나갈까
심하게 앓고 난 뒤의 머릿속처럼
맑게 갠 하늘 아래,
전차 구경 와서 아주 뿌리를 내렸다는
어머니 아버지도 그랬겠지
꽃양산 활짝 펴 든
며느리 따라 구경 오신 할아버지도 그랬겠지
나뭇가지에 코일처럼 감기는 햇살,
저 햇살을 따라가면
나무 어딘가에 숨은 전동기가 보일는지 모른다
전차바퀴 기념물 하나만 달랑 남은 전차기지터
레일은 사라졌어도, 사라지지 않는
생명의 레일을 따라
바퀴를 굴리는 힘을 만날 수 있을는지 모른다

지난밤 내리치던 천둥번개도 쩌릿쩌릿
저 코일을 따라가서 動力을 얻진 않았는지,
한 량 두 량 목련이 떠나간다
꽃들이 전차 창문을 열고 손을 흔든다
저 꽃전차를 따라가면, 어머니 아버지
신혼 첫밤을 보내신 동래온천이 나온다

하늘 우물

성당 종탑 위에 종을 매다는 건 하늘에 우물이 있기
때문
내 눈엔 보이지 않는 우물을 파고 우물 속에 띄워놓는
쇠두레박

꼰벤뚜알 꼰벤뚜알 성프란치스꼬 수도회
종지기가 종줄을 당기면
두레박이
수면에 부딪힐 때
찰랑, 하는 소리가 들리지

저 높은 곳에 바닥 모를 깊이로 파내려간 우물이 있었
다니
허나 끌어올려도, 끌어올려도
찰랑찰랑 흘러넘치는
물소리만 내는 쇠두레박

그 아래 내가 한참을 멈춰 서 있는 건,
내 두 귀가 잠시 목마른 물지게통이 되기 때문

강철나비

내가 맡지 못할 어떤 향기가 나비 날개에 탕탕 무쇠못
을 박아놓았나
버려진 집을 한 송이 꽃으로 피워놓았나

폐가 문짝에 아직
붙어 있는
나비경첩

녹슨 날개가 접히면서 문이 열린다
녹이 슬어 쉰 울음소리가 욱신거리는 날개를 타고 집
을 흔든다

털신

토방 아래 늙은 개가 쥔 할머니 고무신을 깔고 잔다 마실 갔다 와서 탈탈 털어는 고무신을 제 새끼를 품듯 품고 잔다

눈이 내리는데, 올겨울은 저렇게 몇날 며칠 눈만 내리고 있는데

고뿔이라도 들었는지 콧물을 훌쩍거리면서, 뚝 뚝 댓가지 꺾어지는 소리에 가끔씩 귀를 쫑긋거리기도 하면서

뒤꿈치를 꿰맨 고무신에 축 처진 배를 깔고 잔다 차디찬 고무신에 털가죽을 대고 잔다

염소 일가

주인은 오늘도 술에 곯아떨어진 모양이다. 저물녘 염소들이 저들끼리 들판에서 돌아오고 있다. 아내까지 달아나버린 저 홀아비를 위해 염소들이 해줄 수 있는 것이 과연 무엇이 있겠는가. 날이 저물면 때를 맞추어 이렇게 식솔을 거느리고 그의 적막한 처소를 향해 묵묵히 돌아가줄 수 있을 뿐이다. 올 사람이 없는데도 늘 열려 있는 사립과 풀이 우북이 자란 마당을 지나, 누추한 우리 속에 들어 하늘에서 아직 돌아오지 않은 별자리나 하나둘 기다려볼 수 있을 뿐이다. 윗대 윗대로부터 물려받은 쇠방울을 수족처럼 매달고 평생을 단조로운 소리 하나에 목졸려 살아온 염소들. 내팽개치면 내팽개치려 할수록 요란하게 치떠는 소리, 그 소리 벗어날 수 없다는 것을 아는 데 한 생이 흘렀다. 방울 속의 쇠구슬처럼 차디찬 벽을 향해 전신을 부딪치며, 부딪쳤다 튕겨나오며, 울 수 있을 뿐이라는 것을 아는 데 또 한 생이 흘렀다. 방울소리를 듣고 막 잠에서 깨어난 주인은 반쯤 덮고 있던 어둠을 개고 일어나 부스스 불을 켜리라. 흐린 전등 불빛 아

82

래 제 안에서 올라오는 신트림 같은 외로움을 못 견뎌하며 꼬박 밤을 지새우리라. 일찍 뜬 별빛과 별빛이 부딪는 마찰음, 따랑따랑 다 저문 들판에서 염소 일가가 돌아오고 있다.

술 취한 백일홍

백일홍 아래 누가 술병을 세워놓고 갔다 지는 꽃과 함께 대작이라도 했던가 해 떠라 해 떨어져라 술병을 기울였던가

빈 술병 앞에 놓고 명옥헌 말라붙은 연못 바닥 위에 火印을 찍는다 저 이글거리는 꽃범벅 안팎이 흐물흐물 녹아버린 자리

어떤 갈증이 타오르는 머리를 처박고 못물을 다 빨아 마셔버렸는지, 술만 먹으면 몸에 난 상처 자국들이 먼저 붉어져오곤 한다

흉터가 없으니 까맣게 잊어버린 기억들, 말끔해진 살갗 위로 고개를 내밀곤 한다

뒤틀린 뿌리가 바닥을 뚫고 나와 진물을 핥는 연못, 한낮 찌는 매미 울음 속에 펄펄 끓어오르는 꽃들

나무껍질처럼 일어난 바닥을 지져댄다 딱지가 앉기
전의 화농내가 퍼진다

연못 에밀레

연꽃잎 위에 비가 내리친다
에밀레 종신에 새겨진 연꽃을
당목이 치듯, 가라앉은
물결을 고랑고랑 일으켜세우며 간다
수심을 헤아릴 길 없는, 끔찍하게 고요한
저 연못도 일찍이 애 하나를 삼켜버렸다
애 하나를 삼키고선 단 한번도
바닥을 드러낸 적이 없다
어린 내가 아침마다 밥 얻으러 오던
미친 여자에게 던지던 돌멩이처럼
비가 칠 때마다 연꽃
꾹 참은 아픔이 수면 위로 퍼져나간다
당목이 종신에 닿은 순간 종도
저처럼 연하게 풀어져 떨고 있었을까
에밀레 에밀레 산발한 바람이
수면에 닿았다 튀어오른
빗줄기를 뒤로 힘껏 잡아당겼다

심호흡

빗물에 말갛게 씻긴 석남사 길이 백리 밖 나를 한 숨에
흡, 빨아들이는 날이 있다 가지산 배꼽 밑 단전까지는 깊
게 깊게 들이마시는 날이 있다 서어나무 연초록이 진초
록으로, 햇살에 그을린 궂은살 박이기 전으로, 살아서 죄
가 많은 이 몸을, 영가 천도재 무겁기만 한 발걸음을, 싸
리비 자국 선명한 절마당까지, 절마당 앞 초롱꽃 여린 뿌
리 끝까지

한 숨에 빨아들였다가 후욱— 내뱉는 날이 있다 백리
밖 나를 빨아들인 힘으로 언양 지나 양산 두고 온 부산
앞바다 해안묘지 너머 수평선 카랑카랑한 섬 절벽 등대
불빛까지는,

가시잎은 시들지 않는다

하늘에 매가 없다 솔개 한 마리, 독수리 한 마리 없다
이게 새들을 절망케 한다 매서운 부리와 발톱에 쫓길 때
그는 차라리 그 죽을 지경 속에서 자신의 심장소리를 들
을 수 있었다

겨울 아침 새들이 눈 쌓인 탱자나무 울타리 속에 와서
운다 아무런 장애물 없이 펼쳐진 저 드넓은 하늘을 두고
결사코, 여린 가슴을 겨누는 가시밀림을 찾아든다

오늘 빙벽을 찾아 나선 사내들이 추락사했다는 뉴스가
있었다 얼음 속의 가시, 살을 쿡쿡 찔러대는 빙벽에 입김
을 불어넣으며 팽팽한 밧줄을 타고 아찔한 빙벽 사이를
날아다녔을 새들

시들지 않기 위해 피어나는 잎이 가시가 된다 연하디
연한 이파리로부터 시퍼렇게 담금질한 무쇠잎이 된다 이
파리 투둑 떨어지고 쌓인 눈에 와지끈 가지가 꺾어져도

잠들지 마라 잠들지 마라 겨우내 시들지 않고 남아 얼어
붙은 땅을 찔러대는 가시

習作

    종달새는 가끔씩 하늘에서 몸을 통, 통, 통 팅겨올린다
그냥 밋밋하게 나는 게 아니라 몸속의 스프링을 꾸욱 눌
렀다가 솟구쳐오르는 식으로 날아오르곤 날아오르곤 한
다 한 점에서 한 점까지 이어진 곡선을 그리며 솟아오르
다가 뚜욱 떨어져내릴 때 종달새는 그 아찔한 낙하의 힘
으로 푸르른 탄력을 가진다 누가 종달새를 팅겨올리는
게 아니다 봄햇살 따라 요요처럼 팽그르르 감겨오르는
게 아니다 종달새는 끝없는 출발선의 마디를 가졌다 출
발선의 스프링을 가졌다 힘이 좀 딸린다 싶으면 보이지
않는 바닥을 치며 통, 통, 통 다시 팅겨오른다 종달새를
보아라 나른한 봄 하루 그는 아찔한 낙하를 즐기고 있다

콘돔 전쟁

걸프전 때도 그랬고
아프가니스탄 침공 때도 그랬다
사막에서 전쟁이 시작되면
콘돔 회사 주가가 껑충 뛰어오른다
사막에서 불어오는 모래막이용
총구덮개로 콘돔이 힘을 쓰기 때문이다
주도면밀한 강간범처럼
벌겋게 달아오른 총열에 덮어씌운 콘돔
드르륵 드르륵 교성을 지르며
총알은 단번에 콘돔을 찢고 튀어나가
모래언덕 깊숙이 파고들어가 박힌다
무진장의 석유를 애액처럼 핥아댄다
CNN을 타고 생중계되는 미국식 포르노
바지를 까내린 점령군들 허여멀건 엉덩짝이 보이지 않
도록
빙 둘러서서 망을 봐주고 있는 이십일 세기
뭔가 더 짜릿한 장면이 없나, 드르륵드르륵
나는 충혈된 눈으로 밤새 채널을 돌린다

부산에 눈이 내리면

부산에 눈이 내리면 북극곰이 운다
북극곰이 제일 먼저 동물원 쇠창살을 흔들며
으엉으엉 눈이 내린다고 운다
향수병 같은 거야 잊은 지 오래지만
제 똥을 짓뭉개고 앉아
우울한 덩치로 늙어가는 짐승의 슬픔을 과연
누가 알겠는가 눈이 내리면
그도 내심 몸속의 피가 뜨거워지는 것이다
콧김이 송골송골 맺힌 코를 벌름벌름
알 수 없는 서러움에 사무쳐서
북쪽을 향해 머리를 짓찧고 싶어지는 것이다
눈이 귀한 남쪽 항구 몇년에 한 번 올까 말까 한
부산에 눈이 내리면
하나밖에 없는 동물원에 눈이 내리면
북극곰이 정말 서럽게 운다
긴 목에 목도리 하나 없이 겨울을 나야 하는
기린은 이 겨울이 딱 질색이겠고

낙타도 코끼리도 시큰둥 썰렁한 우리 안에 들어가
전기스토브를 쬐며 덜덜 떨고 있겠지만
눈이 내리면 북극곰 눈에는 모두가
제 혈족으로 보이는 것이다
흰 털가죽 뒤집어쓴 북극으로 보이는 것이다
그래, 부산에 눈이 내리면 나도 따라 울고 싶어진다
흰 털가죽 덮어쓰고 울타리 밖에 갇혀서
으엉으엉 울타리 흔들고 싶어진다

여근곡에서

선덕여왕 땐 사랑과 전쟁이 하나였는지 몰라
전쟁을 하면서도 더러는 남녀가 교합을 하듯
질탕한 성의 향연을 벌이고는 하였거든
와따메 뭔 놈의 숲이 요로코롬 깊다냐
신라 땅 깊숙이 女根谷에 숨어든 백제 병사들,
몇천 아니 몇만이 죽더라도
단 하나만이라도 살아남아
여왕님 구중궁궐 심처에 들 수 있다면
곤두선 창칼 움켜쥐고 마구 수작을 걸어올 때
진퇴를 거듭하며 동정을 살피다가
에따 모르겠다 제풀에 지쳐
수풀 사이의 말간 샘물에 취해 목을 적시고 있을 때
모르겠더니 내사 고마 모르겠더니
상사병 걸린 지귀의 가슴에 놓고 간 여왕님 옥팔찌처럼
백제 병사들 목을 옥죄여 아주 죽여주던,
불꽃나무 가슴처럼 타올라 한줌 재로 훨훨 날려버리던
女根谷 불두덩 그때 눈보라 속에서 울던 개구리 울음
소리는 필시

94

더는 참지 못하고 터져나오는 백제 병사들

질펀질펀 진땀이 흐르던 교성이 아니었나 몰라

모름지기 전쟁에 나가 죽는다면 그렇게 죽어야 한다
는 듯

물고 뜯고 핥퀴고 신음하고 살을 비비면서

적병의 원혼까지 그렇게 온몸으로 달래주어야 한다
는 듯

옛 왕국들은 피 흘리는 전쟁도 영판 그렇게

낯이 붉어오는 사랑처럼, 사랑처럼만 하였는가 몰라

제4부

자전거의 해안선

썰물이 지면 모래밭 위로 자전거가 씽씽 굴러갈 수
있다.
젖어 뭉쳐진 모래알들이
자전거 바퀴를 뿔끈 들어올려주는 것이다.

물속에 잠겼다 드러나는 자전거길은
굳지 않고도 딴딴하다.
일만 번의 파도가 일만 번의 다짐질로
길 표면을 반듯하게 깔아놓은 것이다.

굴러가는 바퀴 밑에서 도르르 풀어져나오는 해안선,
치마끈처럼 풀어져내리는 해안선.

그 끝이 밀물에 들면, 길을 품고 뒤척이는 바다 위로 해
가 뜬다.
금빛 바퀴살이 쨍쨍 경적을 울리며 바다 위를 굴러간다.

밀물 썰물 뚝딱 뚝딱 바다는 하루에 두 번씩 공사중이
다,
　싱싱한 해초 이파리를 물고 씽씽
　떠오르는 자전거길.

장생포 우체국

지난밤 바다엔 폭풍주의보가 내렸었다
그 사나운 밤바다에서 등을 밝히고
누구에게 무슨 긴 편지를 썼다는 말인지
배에서 내린 사내가 우체국으로 들어온다
바다와 우체국 사이는 고작 몇미터가 될까 말까
사내를 따라 문을 힘껏 밀고 들어오는 갯내음,
고래회유해면 밖의 파도소리가
부풀어오른 봉투 속에서 두툼하게 만져진다
드센 파도가 아직 갑판을 때려대고 있다는 듯
봉두난발 흐트러진 저 글씨체,
속절없이 바다의 필체와 문법을 닮아 있다
저 글씨체만 보고도 성난 바다 기운을 점치고
가슴을 졸일 사람이 있겠구나
그러고 보면 바다에서 쓴 편지는 반은 바다가 쓴 편지
바다의 아귀힘을 절반쯤 따라간 편지
뭍에 올랐던 파도소리 성큼성큼 멀어져간다
뿌— 뱃고동소리에 깜짝 놀란 갈매기 한 마리
우표 속에서 마악 날개를 펴고 있다

가덕도 숭어잡이

절벽 끝에 물수리가 떴다

동력을 꺼버린 목선처럼 꼼짝 않고 물속 동정을 살피고 있는 수리,

안으로 움츠린 발톱이 근지러울 것이다 저 발톱 끝이 구름 속의 번개처럼 좌악 펴지는 순간

후려랏! 어로장의 깃발이 올라가리라 신호기와 함께 수면이 팟 팟 깨어지면서 그물망 위로 파다다닥 은비린내가 온통 봄하늘을 물들이리라

그러나 지금은 숨소리 하나도 가만히 눌러 죽여야 할 시간, 일필휘지 허공을 단숨에 그어내리기 위하여

망루에 오른 어로장은 벌써 몇시간째 꿈쩍을 않는다

어부림

딴은 꽃가루 날리고 꽃봉오리 터지는 날
물고기들이라고 뭍으로
꽃놀이 오지 말란 법 없겠지
남해는 나무그늘로 물고기를 낚는다
상수리나무 느티나무 팽나무 짙은 그늘 물 위에 드리우고
그물을 끌어당기듯, 바다로 휜 우듬지에 잔뜩 힘을 주면
푸조나무 이팝나무 꽃이 때맞춰 떨어져내린다
꽃냄새에 취한 물고기들 영영 정신을 차리지 못하도록
말채나무 박쥐나무 꽃도 덩달아 떨어져내린다
木그늘로 너희들 목에 내린 그늘이라도 풀어라
남해 삼동 촘촘한 그늘 가득 퍼득대는 물고기를
잎잎이 어깨에 메고 우뚝 선 어부림
꽃향기는 수평선 너머로도 가고 심해로도 가서
낚싯바늘처럼 단숨에 아가미를 꿰뚫는다
꽃가루 날리고 꽃봉오리 터지고 청미래 댕댕이 철썩

철썩

　파도소리를 흉내내며 뒤척이는 숲

　날이 저물면 남해는 나무들도 집어등을 켜 든다

海松

바늘 끝이 녹슬었다. 녹슨 바늘 위로 실비 내린다. 사내는 옷을 깁고 있다. 소주병 나뒹구는 툇마루에 앉아 침 묻은 실을 바늘에 꿰고 있다. 그물옷 몇벌 바다에 지어주고 사내에게 남은 건 헐벗음뿐이다. 굽은 허리와 쿡쿡 쑤셔오는 뼈마디뿐이다. 한평생 바다를 바라보고 사는 몸은 彎을 닮는가. 지그재그 제 목숨에 취해 만을 향해 밀려오는 파도를 닮는가. 누런 바늘잎들 떨어지는 바다쪽으로 사내가 허청허청 걸어간다. 그물옷 속 등 굽은 바다가 시퍼렇게 일어서고 있다.

자갈치

아낙이 숫돌에
칼을 갈고 있다

횟집촌 골목
생선 배를 따던 칼날들이
녹을 벗고 은빛 날을 세운다

칼들은 생선처럼 이내 싱싱해졌다
生鮮이라는 말의
배를 갈라놓을 듯
죽은 말의 살점을 다 저며놓을 듯

철선이 스윽 바다를 가르며 지나간다
상처가 나기 무섭게 아무는 푸른 부위,
불꽃을 튀기며 숫돌이 돌아간다

거대한 상처 속에서 파닥파닥 깨어나는 말,
손에 쥔 날치 한 마리가 은빛 날비린내를 뿜는다

거꾸로 박힌 비늘 하나

가지런하게 한쪽 방향을 향해 누운 물고기 비늘 중엔
거꾸로 박힌 비늘이 하나씩은 꼭 달려 있다고 한다

역린(逆鱗), 유영의 반대쪽을 향하여 날을 세우는 비늘
하나

더러는 미끼를 향해 달려드는 눈먼 비늘들 사이에서
은빛 급브레이크를 걸기도 하였을까

역적의 수모를 감당하며 외롭게 반짝이기도 하였을까

제 몸을 거스르는 몸, 역린, 나도 어찌할 수 없는 내가
나를 펄떡이게 할 때가 있다

십년째 잘 다니던 회사 때려치우고 낙향 물고기 비늘
을 털며 사는 친구놈의 얘기다

오징어 먹물에 붓을 찍다

오징어는 바다를 갈아 먹물주머니를 채운다. 바다 속에서 나온 책 『자산어보』, 바다를 벼루 삼아 먹을 갈며 캄캄한 유배를 살던 사람의 이야기. 오징어 먹물로 쓴 글은 유난히 반지르르 윤기가 돌았다고 한다. 그 글씨들 오래되면 희미하게 지워져서 마침내는 감쪽같이 사라지고 마는데, 바닷물에 담그면 먹빛이 그대로 되살아났다고 한다. 지상에서 잠시 반짝이다 져버릴 운명을 위해 바다에 뛰어든 적이 있는가, 바다 속에 수장된 뒤 부활하는 말들을 꿈꾼 적이 있는가. 여기는 잠시도 망각을 견딜 시간이 주어지지 않는 땅. 그러니 먹물이 들려면 오징어 먹물쯤은 되어야 한다. 막막하게 뻗어간 수평선 위로 번지는 먹물을 뒤집어쓸 줄 알아야 한다.

꽃낙지

빨판에 나비가 들러붙는다 잉잉 벌떼도 들러붙고 스쳐
지나던 바람도 꼼짝 마라 머리끄덩이 확 붙들린 채 끌려
온다

저 꽃을 쳐서 입천장 무너져내리게 씹어먹어라 해종일
논밭 갈아엎고 기진해서 쓰러진 生□도 씹어먹어라 땀 뻘
뻘 생의 뻘구멍에 붙들린 발목 으쌰 들어올려라

향기에도 낙지 다리 같은 줄기가 있는가 저만치서부터
찰싹 달라붙어 놓아주질 않는 너희들 단칼에 요절을 내
주마

꿈틀꿈틀 물오른 꽃가지 구멍구멍마다 물컹 아릿한 생
기가 씹힌다

뻘설게잡이 막대기

뻘설게 잡는 막대기를 만든 분이 있으시다
이 막대기가 어떻게 생겼냐 하면
말로 설명하기가 참 거시기하게,
거시기하게만 생겼다
어마 뜨거라 아낙네들 볼 빨개지게 생겼다
소나무 가지를 깎아 만든 막대기
끝머리가 뭉툭한
이 물건을 피스톤 식으로
갯벌 구멍에 밀었다 잽싸게 잡아당기면
구멍에서 퐁— 소리가 난다
퐁퐁 코르크 마개 너머로 솟구쳐오르는 물과 함께
꼼짝없이 뻘설게가 설설 기어올라온다
다른 연장을 써봤지만 이 연장만 한 것도 없다고
이 연장으로 해동갑 육남매를 다 대학까지 보냈다고
질퍽질퍽 온 갯구멍을 다 쑤시고 다니는 막대기
꺾어질 줄 모르고 빳빳한 뻘설게잡이 막대기

聖 젓갈

곰소는 소금입니다 젓갈 맛의 유명세 뒤에 숨어서 은근히 젓갈을 익히는 소금 맛입니다 옛날 선운사에 한 스님이 사셨는데, 이 스님이 의지할 데 없이 떠도는 火賊떼를 끌어모아 제염법을 가르쳤다고 합니다 화적떼였으니 얼마나 이글거렸겠습니까 살이라도 델까 모다들 얼마나 멀리 멀리 피해다녔겠습니까 그런데 스님은 그 이글거리는 불을 끄지 않고 살려 더 부채질을 했습니다 타오르기로 했으면 제대로 타올라라 저 바다를 통째로 불살라버려라 바닷물이 하얀 재가 되어 사라져버릴 때까지 다비식을 치르고 떠난 스님은 참 바다와 같은 분이었습니다 어쩌면 스님도 화적떼의 불길 속으로 들어가 자신을 활활 태워버리고 싶었는지 모릅니다 하얀 사리알이 되어 살과 뼈가 통째 짓물러 터지는 이 땅을 짭조름하게 버무려주고 싶었는지 모릅니다 곰소에 한번 가보셔요 화적떼 같은 열기를 품고 염전 옆에서 젓갈에 빼빌빼빌 밥이라도 한번 비벼 드셔보셔요 세상엔 참 이렇게 짜디짠 열반도 있구나 싶습니다 골코롬한 젓갈 맛이 성스럽게 느껴지기도 합니다

먹점 해안

바다에선 낮게
고개 숙인 지붕들이
돌을 섬긴다
오늘도 하루가 갔다고
수평선 멀리서 비구름이 몰려온다고
이불을 차고 곯아떨어진
물고기 가족들
쿨룩대는,
지붕 위에 돌을
얹어놓는다

미조항

철길이 바다로 들어간다

19번 국도의 출발점, 표지판 속의 0km
0을 갓 낳은 물새알처럼 품고 있는 어항

나는 길을 통해 늘 집으로 돌아가고자 했지만
길은 나를 통해 매번 바다에 이르고자 했다

조선소 앞에서 파도가 대팻밥을 만다
청동구릿빛 사내들 장딴지처럼 울퉁불퉁
튀어나온 섬들이 배를 민다

바다 한복판 수평선을 구부려 둥근 원이 되는 지점까지
배를 맞대고 출렁이는 원 속의 까만 한 점이 되기까지

마늘밭 위의 황소가 매운 콧김을 뿜으며 밭을 매는 남
해도
칙칙푹푹 파도소리 귓바퀴를 굴리며 달려간다

해설

대지의 문법과 화엄의 견성

홍용희

손택수의 시세계는 재래적인 대지적 삶의 문법으로부터 발현되고 수렴된다. 대지적 삶의 문법이란 형이상학적인 초월과 변별되는 개념으로서 농경적 삶을 근간으로 하는 구체적인 살림살이의 성정과 표정에 바탕을 둔다. 이와같은 대지적 삶의 문법은 직접적으로는 "밭일 하시던 할아버지가 땅에/지겟작대기로 'ㄱ'/이라고 썼다/(…)/내 최초의 받아쓰기"(「자음」)라는 전언에서 보듯, 그가 "흙냄새 폴폴 묻어나던 소리"로 글을 깨친 내력과 깊이 연관되는데, 구체적인 실현 양태는 할머니의 체험적 삶의 화법을 통해 전개된다.

그래서 그의 시편들의 감응은 '오래된 낯섦' 혹은 '친숙한 낯섦'의 역설로 다가온다. 합리적, 개념적인 이성이 지배하는 현대사회에서 할머니의 굴곡 많은 살림살이의 체험에서 배어나오는 언술은 친숙하면서도 한편 전근대적인 생경함으로 다가오는 것이 사실이다. 실제로 우리에게 근대화의 진전은 과학적이고 논리적인 인식론적 이성을 강조함으로써, 안으로는 평생에 걸쳐 겪어온 고생살이를 삭이면서 밖으로는 이타적인 상생의 지혜를 전언하는 할머니의 앎, 즉 일종의 '살림살이 이성'을 전면에서 밀어내었다. 살림살이 이성이란 서양의 인식론적인 이성, 즉 인간의 사유, 판단, 인식 행위를 강조하는 경우와 달리 몸으로 체득한 살림의 이치와 지혜를 가리킨다. 따라서 살림살이 이성은 칸트의 순수이성(이론이성)뿐만 아니라 실천이성, 미적 이성을 모두 함축하고 포괄하는 범주로서 하버마스의 의사소통적 이성(합리성)과 유사성을 지닌다. 그러나 하버마스의 의사소통적 합리성이 그 모델을 이상적인 언어상황에서 찾고 있는 데 반해, 살림살이 이성은 체험적 삶에 더욱 가깝다고 정리해볼 수 있을 것이다.

오늘날 할머니가 한 집안의 살림을 주도하고 관장하던 예전의 위상을 상실한 것은 과학적, 합리적 의미의 이론적 이성이 지배하면서 생명의 운행원리와 유기적인 구조로

짜여진 생활세계적 이성을 억압하고 배제해왔음을 가리
킨다. 이렇게 보면, 손택수의 시세계는 오늘날 무기력한
노인으로 취급되기에 이른 할머니의 살림살이(생활세계)
이성의 복권이란 의미를 지닌다. 그렇다면, 살림살이 이
성을 보유한 할머니의 실체를 감각적으로 구상화하면 어
떤 모습이 될까?

　　오늘은 땅심이 제일 좋은 날
　　달과 토성이 서로 정반대의 위치에 서서
　　흙들이 마구 부풀어오르는 날

　　설씨 문중 대대로 내려온 농법대로
　　할머니는 별들의 신호를 알아듣고 씨를 뿌렸다

　　별과 별 사이의 신호를
　　씨앗들도 알아듣고
　　최대의 發芽를 이루었다

　　할머니의 몸속에, 씨앗 속에, 할머니 주름을 닮은 밭
　고랑 속에
　　별과의 교신을 하는 무슨 우주국이 들어 있었던가

매달 스무여드레 별들이 지상에 금빛 씨앗을 뿌리던
날,

　　할머니는 온몸에 별빛을 받으며 돌아왔다
　　　　　　　　　　　　　　　—「달과 토성의 파종법」 부분

할머니의 신묘한 파종법의 지혜가 그려지고 있다. 할머니
의 몸속에는 "설씨 문중 대대로 내려온 농법"이 고스란히
살아 있다. "설씨 문중 대대로 내려온 농법"이란 "별들의
신호"를 정확하게 감지하는 것이다. 별들의 신호에 따라
파종된 씨앗은 이제 스스로 "별과 별 사이의 신호"와 소통
하여, "최대의 發芽를 이루"어낸다. 하늘의 별[天], 땅 속의
씨앗[地], 할머니[人]가 서로서로 소통하고 공명하는 몸의
감응을 보이고 있다. 심지어 "밭고랑"은 "할머니 주름"을
닮아가고 있기까지 하다. 그리하여 "할머니의 몸속에, 씨
앗 속에 (…) 밭고랑 속에/별과의 교신을 하는 무슨 우주
국이 들어" 있다는 흥미있는 비유적 수사도 가능하다. 할
머니의 바닥 민중으로서의 오랜 농경생활 체험이 하늘과
땅의 운행원리를 몸으로 습득하는 과정이었던 것이다. 인
간의 몸은 그 자체로 존재하는 것이 아니라 '우주적인 기
가 흐르는 길들의 집합 혹은 음과 양을 동시에 포함하는

실체'(장 헝쉬張橫渠)라는 기철학에서의 인식을 환기시키는 대목이다. 그래서 할머니는 우주생명의 존재원리를 이미 자신도 모르는 사이에 몸으로 체득하고 있다.

할머니의 우주적 존재성은 이번 시집 도처에서 다양한 목소리로 등장한다.

사립문으로 들어온 바람이 고가메 북쪽으로 씨러들 어가면 그날은 영락없이 비가 내린다, 한마을 한집에서 칠십년을 산 할머니의 말씀이다 볕이 저렇게 짱짱하기 만 한데 말리던 고추를 거둬들이시고 논에 물꼬를 보러 간다

—「가새각시 이야기」 부분

홍어를 먹으면 아이의 살갗이 홍어처럼 붉어지느니라 지엄하신 할머니 몰래 삼킨 홍어

—「홍어」 부분

할머니는 사람의 콧구멍 속에 쥐 두 마리가 살고 있다 고 했다. 세상모르고 곯아떨어진 동생의 얼굴에 연필 수 염을 그려놓고 키득대고 있노라면, 에그 망할 놈, 나갔 던 혼쥐가 딴 구멍으로 들어가겠구나 혼쭐을 내시곤 가

만가만 아기가 깨지 않게 수염을 지워주곤 하였다.

—「혼쥐 이야기」 부분

　　버스를 기다리던 할머니가 손주의 고추를 잡고 가로
수 밑에서 오줌을 눈다

　　(…)

　　무슨 주술처럼 시—, 시—, 아득한 기억 저편에서 노
루오줌꽃이 터져나오듯 망울망울 남은 한 방울까지 탈
탈 털어주며 따로 노는 몸과 마음을 한데 이어주는 소리

—「오줌 뉘는 소리」 부분

일상생활 가운데 하늘과 땅의 운행원리를 전언하는 할머
니의 목소리가 표명되고 있다. 할머니는 맑은 기후 속에
서도 비를 예견하고, 불경스런 일들("아이의 살갗이 홍어
처럼 붉어지느니라")을 예방하는 주술사의 혜안, 생활 속
의 터부와 금기를 일러주고, "몸과 마음을 한데 이어주"는
치유사로서의 능력을 일상 속에서 보여주고 있다. "한마
을 한집에서 칠십년을 산 할머니"가 하늘과 땅을 소통시
키고, 하늘과 땅 사이에 살아가는 사람들의 생명을 고양시

키는 영성한 존재자의 역할을 수행하고 있는 것이다. 할머니는 '말하는 몸'이며 '예언하는 몸'이다. 그러나 이러한 말과 예언은 천상에서 내려오는 수직적인 존재자의 잠언이 아니라 손자에게 들려주는 전근대적인 설화의 양상을 띤다. 합리와 과학을 근간으로 하는 근대의 진전과 함께 점차 소실된 설화적 전통 담론의 현장성, 구술성, 집단성이 재생되는 것이다. 자연의 순환원리에 따라 땅 갈고 씨뿌리고 추수하는 바닥 민중, 그 '일하는 한울님'의 영성스러움이 형상화되는 대목들이다.

한편, 이같이 천지의 운행원리와 닮은 할머니의 몸의 감응과 표정은 기실, 모든 사물에게도 관통되는 속성이다. 손택수 시인은 이에 대한 내밀한 시적 견성을 보여준다.

강이 휘어진다 乙, 乙, 乙 강이 휘어지는 아픔으로 등굽은 아낙 하나 아기를 업고 밭을 맨다

호밋날 끝에 돌 부딪는 소리, 강이 들을 껴안는다 한 굽이 두 굽이 살이 패는 아픔으로 저문 들을 품는다

乙, 乙, 乙 물새떼가 강을 들어올린다 천마리 만마리 천리 만리 소쿠라지는 울음소리—

까딱하면, 저 속으로 첨벙 뛰어들겠다

—「강이 날아오른다」 전문

'강'과 '물새'와 '아낙'이 서로 같은 모양새를 하고 있다. '乙'은 휘어지는 강의 모습, 아기를 업고 밭을 매는 '아낙' '물새떼'의 공통적인 상형문자인 것이다. 그래서 "물새떼 가" 날아오르는 장관은 "강을 들어올"리는 풍경으로 표현할 수 있다. 또한 시적 화자가 "천리 만리 소쿠라지는 울음 소리—" 속으로 "첨벙 뛰어"들고자 하는 것은 자신과 새 떼와 강이 모두 근원적 동일성을 지니고 있음을 드러내는 것이기도 하다. 이같은 외양적인 모습의 유사성은 모든 삼라만상에 관류하는 우주율의 실체이기도 하다. "강이 들을 껴안"고 "저문 들을 품는" 것은 우주의 삼라만상이 천지운화의 우주적 원리에 따라 동기감응(同氣感應)하는 양상으로 인식된다.

이같은 삼라만상의 상호 교감과 감응의 원리를 근육감 각으로 실감있게 그려 보이면 다음과 같은 시편이 된다.

마른 풀잎을 스치는 작은 몸동작 하나도 놓치지 않고

저만치 날아가서 거리를 팽팽하게 벌여놓는 날것들, 물 위
에 떠서 지직거리는 물살 너머에 주파수를 맞추고 있다

나는 안다 지금 안전거리를 확보한 채 너 따위는 관심
에도 없다는 듯이 물장구를 치며 딴전을 부리고 있는 청
둥오리들의 몸속 가장 깊은 곳의 세포 하나까지 환하게
눈뜨고 있음을 가느다란 바람 한 올까지 청둥오리의 신
경선이 되어 쭈뼛해져 있음을

(……)

그러나 청둥오리떼 파다닥 멀어지기 직전, 오오 바로
그 직전 나는 잠시 청둥오리 몸속에 있다 청둥오리 몸속
가장 깊은 곳에 닿았다 떨어진다
───「청둥오리떼 파다닥 멀어지기 직전」 부분

이 시는 청둥오리와 시적 화자가 교감하는 몸의 언어로 이
루어져 있다. 곤두세운 신경선의 반응과 근육감각이 섬세
하게 묘사되고 있다. 청둥오리와 시적 화자는 서로 딴전
을 부리고 있지만 상대의 작은 세포 하나의 움직임까지도
온몸으로 판독하고 있다. 몸은 이같이 머리 중심의 중앙

집권식이 아니라 작은 기관까지도 모두 살아 있는 지방분권식의 영성한 그물망이다. 마치 축구에서 골키퍼가 불현듯 날아오는 공을 두뇌를 통한 사유 이전에 몸의 감각으로 막아내는 것과 같은 이치이다. 몸은 체험적 삶의 수렴과 발현의 장소이다. 표현내용과 표현수단이 하나로 융합된 몸의 표현에는 세계의 존재 전체가 감각적인 것임을 증거한다. 세계의 감각이 몸을 통해 수렴되고, 수렴된 몸의 감각은 다시 세계 속으로 흘러들어가 세계의 감각이 되고, 이것이 다시 몸으로 흘러들어오는 무한반복의 과정이 일어난다. "청둥오리떼 파다닥 멀어지기 직전, 오오 바로 그 직전 나는 잠시 청둥오리 몸속에 있다 청둥오리 몸속 가장 깊은 곳에 닿았다 떨어진다"는 것은 이같은 몸의 감응의 반복적 순환 현상에 대한 묘사이다. 우주는 이런 몸의 감응들의 무한반복의 장(場)이다. 그래서 특정 사물들에는 그 주변 사물들의 정황이 깊이 작용하고 있는 것이다. 다음 시편은 이 점을 우리들의 일상생활 영역에서 그려 보인다.

배에서 내린 사내가 우체국으로 들어온다
바다와 우체국의 사이는 고작 몇미터가 될까 말까
사내를 따라 문을 힘껏 밀고 들어오는 갯내음,
고래회유해면 밖의 파도소리가

부풀어오른 봉투 속에서 두툼하게 만져진다
드센 파도가 아직 갑판을 때려대고 있다는 듯
봉두난발 흐트러진 저 글씨체,
속절없이 바다의 필체와 문법을 닮아 있다
저 글씨체만 보고도 성난 바다 기운을 점치고
가슴을 졸일 사람이 있겠구나
그러고 보면 바다에서 쓴 편지는 반은 바다가 쓴 편지
바다의 아귀힘을 절반쯤 따라간 편지
뭍에 올랐던 파도소리 성큼성큼 멀어져간다

——「장생포 우체국」 부분

바다에서 쓴 편지는 "속절없이 바다의 필체와 문법을 닮
아 있다." 바다에서 쓴 편지의 필체와 문법에 "바다의 아
귀힘"이 작용하고 있는 것이다. 그래서 "저 글씨체만 보고
도 성난 바다 기운을 점치고/가슴을 졸일 사람이" 있다.
"파도소리"의 맥박이 편지의 필체와 문법을 통해 전해지
고 있는 것이다. "바다에서 쓴 편지는 반은 바다가 쓴 편
지"이다. 이같은 현상은 비단 사람뿐만 아니라 모든 사물
들의 존재성이 고립된 개체가 아니라 주변의 다른 사물들
과 엇섞이고 혼용되어 존재하는, 즉 상호몸성 혹은 상호신
체성(inter-corps)에 있다는 사실에 대한 전언이기도 하다.

이를 구체적인 하나의 개체 생명을 통해 집중적으로 조망하면 다음과 같은 시편이 된다.

절집 처마 아래 메주가 마른다

금강경독경 미륵존여래불 염불소리가 들려온다

염불을 들어야 메주가 잘 뜨거든

곰팡이가 알맞게 피어오르거든

정지에서 나온 보살님이 메주 아래 합장을 한다

겨울 햇살과 바람과 먼지와 눈 내리는 소리까지

눈 속에 먹이를 구하러 내려온 산짐승 울음까지

몸속에 두루 빨아들여 피워내는 메주 곰팡이

나무아미타불, 자연 발효시킨 부처님이시다

　　　　　　　　　　　　　　　　——「메주 佛」전문

"절집 처마 아래" 메주가 부처님으로 묘사되고 있다. 발효된 메주의 몸은 '염불/햇살/바람/먼지/눈 내리는 소리/산짐승 울음' 등의 질료로 형성된다. 메주는 단순한 개체가 아니라 사위를 에워싼 전우주적 생명의 그물망의 산물이다. 다시 말해, 메주의 발효는 전우주적 기운의 동참과 협력 속에서 가능하다. 그래서 메주 한 덩이를 가리켜 하나의 신성한 우주라고 지칭하는 것도 무리가 아니다. "정지에서 나온 보살님이 메주 아래 합장"하는 까닭이 여기에 있다. 메주는 곧 "자연 발효시킨 부처님"인 것이다. 사람뿐 아니라 모든 사물이 이같이 신성한 우주생명의 존엄성을 지닌다. 그 이유는 모든 존재가 "들숨 날숨 온몸이 폐가 되어/환하게 뚫려 있"(「화엄 일박」)기 때문이다. 개체 생명은 안으로 닫혀 있으면서 밖으로 열린 우주적 존재이다. 이렇게 보면, 모든 사물은 각각 하나의 개체이면서 동시에 전체이다. 하나 안에 모두가 들어 있고, 많은 것 안에 하나가 들어 있다. 따라서 모든 사물은 제각기 신성하고 장엄한 화엄 우주이다.

화엄이란 구멍이 많다
구례 화엄사에 가서 보았다

절집 기둥 기둥마다
처마 처마마다
얼금 송송
구멍이 뚫려 있는 것을

그 속에서 누가 헐거시대를 보내고 있나
가만히 들여다보다가
개미와 벌과
또 그들의 이웃 무리가
내통하고 있을 거란 생각이 들었다

화엄은 피부호흡을 하는구나
들숨 날숨 온몸이 폐가 되어
환하게 뚫려 있구나

—「화엄 일박」 부분

모든 사물의 밖으로 열린 구멍은 우주율이 소통하는 생명
의 산 공간이다. 우리 인체의 피부 역시 안으로 닫혀 있는
막이면서 밖으로는 "피부호흡"의 구멍이 열려 있듯이, 그
래서 신성한 생명의 유지가 가능하듯이, "구멍이 뚫려 있"

기에 생존할 수 있다는 이치는 모든 사물에게 적용되는 공통된 속성이다. 따라서 "얼금 송송" 뚫려 있는 구멍이 곧 "화엄"이다.

화엄사에서의 일박을 통해, 화엄 사상의 종지를 깨닫고 있는 것이다. 화엄의 종지는 우주의 모든 사물이란 그 어느 하나로도 홀로 있거나 홀로 일어나는 일이 없으며, 모두가 끝없는 시간과 공간 속에서 서로의 원인이 되며, 대립을 초월하여 하나로 융합하고 있다는 법계연기(法界緣起)의 이치를 기반으로 하지 않는가.

이렇게 보면, 손택수의 재래적인 대지적 삶의 문법은 궁극적으로 삼라만상의 우주적 존재원리를 체득하고 구현하는 화엄의 노래로 귀착되고 있음을 알 수 있다. 가장 낮고 약하지만 그 고생살이를 살림살이로 전환시키는, 할머니의 생활세계적 이성에 기반을 둠으로써 대지적 삶의 존재원리를 견성하는 경지에 도달하고 있다. 현대사회로 접어들면서 한 집안의 살림을 관장하던 지혜로운 어른에서 무기력한 노인으로 전락된 할머니의 위상을 복권시킨, 전근대적인 설화적 전통 담론을 통해 개진되는 '오래된 낯섦'의 화법이, '오래된 미래'로서의 영원한 의미와 가치를 지닌다는 점을 그는 보여주고 있다. 그의 이러한 대지의 문법의 질박한 아름다움과 몸성이 앞으로 더욱 본격적으로 화엄 생명의 우주적 발견과 실천의 노래로 펼쳐지기를 기대한다. 이때 그의 시는 우리 시사(詩史)의 지평을 살림살이 이성의 언어를 통해 건강하고 거룩하게 확장시키는 발걸음으로 나타날 것이다.

洪容熹 | 문학평론가

아버지가 그랬다,
시란 쓸모없는 짓이라고.

어느날 아버지가 다시 말했다,
기왕이면 시작했으니 최선을 다해보라고.

쓸모없는 짓에 최선을 다하는 것,
이게 나의 슬픔이고 나를 버티게 한 힘이다.

2006년 늦봄
손택수

창비시선 264

목련 전차

초판 1쇄 발행 / 2006년 6월 5일
초판 16쇄 발행 / 2025년 8월 4일

지은이 / 손택수
펴낸이 / 염종선
책임편집 / 황혜숙
펴낸곳 / (주)창비
등록 / 1986년 8월 5일 제85호
주소 / 10881 경기도 파주시 회동길 184
전화 / 031-955-3333
팩시밀리 / 영업 031-955-3399 편집 031-955-3400
홈페이지 / www.changbi.com
전자우편 / lit@changbi.com

ⓒ 손택수 2006
ISBN 978-89-364-2264-6 03810